D1063401

Nous remercions le ministère du Patrimoine canadien,
la SODEC et le Conseil des Arts du Canada
de l'aide accordée à notre programme de publication

  Patrimoine Canadian
canadien Heritage

 Conseil des Arts **Canada Council**
du Canada **for the Arts**

ainsi que le gouvernement du Québec
– Programme de crédit d'impôt
pour l'édition de livres
– Gestion SODEC.

Nous reconnaissons l'aide financière
du gouvernement du Canada
par l'entremise du Programme d'aide au développement
de l'industrie de l'édition (PADIÉ) pour ce projet.

Illustré par :
Jean-Marc St-Denis

Maquette de la couverture :
Conception Grafikar

Montage de la couverture :
Ariane Baril

Édition électronique :
Infographie DN

Dépôt légal : 1er trimestre 2008
Bibliothèque nationale du Canada
Bibliothèque nationale du Québec

1234567890 IML 098

SIMONE LA DÉMONE DES SEPT MERS

**Catalogage avant publication
de Bibliothèque et Archives nationales du Québec
et Bibliothèque et Archives Canada**

Rondeau, Sophie, 1977-

    Simone la Démone des Sept Mers

    (Collection Sésame ; 108)
    Pour enfants de 6 à 9 ans.

    ISBN 978-2-89633-090-4

    I. St-Denis, Jean-Marc   II. Titre III. Collection : Collection
    Sésame ; 108.

PS8635.O52S55 2008   JC843'.6   C2007-942175-X
PS9635.O52S55 2008

SOPHIE RONDEAU

SIMONE
la Démone des Sept Mers

roman

**ÉDITIONS
PIERRE TISSEYRE**

9300, boul. Henri-Bourassa Ouest, bureau 220
Saint-Laurent (Québec) H4S 1L5
Téléphone : 514-335-0777 – Télécopieur : 514-335-6723
Courriel : info@edtisseyre.ca

*Pour mes trois pirates,
Julien, Étienne
et Édouard*

1

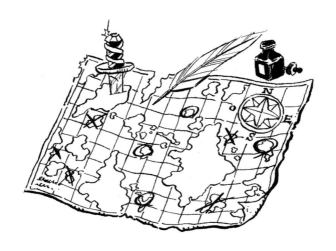

LA DÉMONE
CHERCHE UNE ÎLE

As-tu déjà entendu parler de la Démone des Sept Mers? Non? Mais de quelle planète viens-tu? Tu ne connais pas Simone la Démone? C'est la plus grande pirate de tous les temps! Oui, oui, une vraie de vraie pirate! Elle est plus rusée que Barbe-Noire, plus téméraire que Barberousse et plus vilaine que Monbars le Destructeur ! À bord de son navire, le *Serpent des mers*, elle terrorise les marins du monde entier ! Tous redoutent de voir surgir le navire de la Démone, reconnaissable entre mille : c'est un bateau imposant dont les larges mâts sont bordés de voiles noires. Une sirène gracieuse et séduisante fait office de figure de proue. Avec son regard triste, on dirait qu'elle pleure sur le sort de tous les navires qui ont osé s'approcher d'elle…

C'est Simone la Démone qui a pillé tous les bijoux de la caverne des merveilles ! C'est Simone la Démone qui a dérobé le trésor du *Lion d'or*, le vaisseau sacré ! C'est encore Simone la Démone qui s'est

emparée du magot des trois frères Mousquet ! Et tout ça, rien que le mois dernier !

Peut-être l'as-tu déjà vue en photo ? Une chevelure noir charbon qui frise dans tous les sens, un visage rond comme la lune, de grands yeux couleur d'orage… Tu la replaces maintenant ? La Démone porte toujours un foulard rouge sur la tête et un autre identique à la cheville. On dit que c'est son porte-bonheur. Mais des mauvaises langues disent aussi que son foulard cache une énorme morsure de requin ! C'est un mystère…

En attendant, il paraîtrait que

Simone la Démone se cherche une île où enterrer son magot, car son bateau est tellement rempli d'or et de diamants qu'il flotte à peine. Il est beaucoup trop lourd. Simone doit trouver une île rapidement!

Mais avant de continuer, il faut te présenter les membres de l'équipage que dirige Simone, car un pirate ne peut pas piller seul. Il n'est rien sans ses valeureux compagnons et Simone ne fait pas exception!

Lili-Maude, surnommée la Puce, est la plus habile des pilotes de navires! Par grands vents, par hautes vagues, elle tient le gouvernail du *Serpent des mers* d'une seule main… ou d'un seul pied! Si on la surnomme la Puce, c'est qu'elle ne se sépare jamais de son chien, l'énorme Férail, avec lequel

elle partage tout, même son assiette et les puces!

Le plus âgé des membres de l'équipage du *Serpent des mers* s'appelle Postillon. Personne ne se rappelle l'avoir vu avec des cheveux! Peut-être a-t-il toujours été chauve? Son crâne bien lisse est orné d'un tatouage en forme de tête de mort… Brrr! Ce n'est vraiment pas un personnage rassurant!

Le beau et grand Rimmel est le plus charmeur de tous les pirates. Simone n'arrête pas de lui répéter: « Cesse de faire des beaux yeux aux dames, prends plutôt leurs bijoux! »

Mais il n'écoute pas! Par contre, quand Rimmel est confronté à des soldats ou des marins, il manie le sabre mieux que quiconque. Un vrai Zorro des mers!

Volovent est le plus jeune et le plus dévoué des matelots. Tout petit, tout maigre, on dirait presque qu'il est fait d'allumettes! Les jours de vents violents, Simone doit l'attacher au grand mât pour qu'il ne s'envole pas!

Enfin, le Russe Katastrof complète l'équipage du *Serpent des mers*. Barbu et ventru, il effraie les plus valeureux guerriers! Il est capable d'attraper quatre hommes d'une seule main! Katastrof est l'homme fort du bateau, mais aussi le cuistot. Sa bisque est dé-li-ci-euse! Et que dire de son *paskha*, son gâteau au fromage blanc et aux fruits confits: le meilleur du monde!

○

Voilà, maintenant que tu connais tout le monde, hâtons-nous de continuer l'histoire. N'oublions pas que le bateau de la Démone ballotte dangereusement, il serait dommage qu'il chavire! Simone a rangé des pièces d'or dans tous les recoins du navire: sous les couchettes, dans les taies d'oreiller, dans les canons, dans les paillasses, dans le poste de la vigie, dans les seaux et les barils de vin et même dans les marmites de Katastrof! Il y a tant de bijoux et de pierres précieuses que les

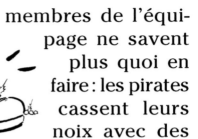

membres de l'équipage ne savent plus quoi en faire : les pirates cassent leurs noix avec des diamants, cousent des pièces d'or à la place de leurs boutons de chemise et lacent leurs chaussures avec des colliers…

Dans la cabine de notre pirate en chef, tout l'équipage étudie la carte de l'océan. Même Férail, le gros chien de la Puce, tente de se frayer une place parmi les pirates. Il faut trouver une île où enterrer le trésor, et vite !

Hissé sur un coffre débordant de rubis et d'émeraudes, Volovent essaie de suivre avec les autres.

— Tiens, monte sur mes épaules, dit le gros Katastrof en l'agrippant par le fond de culotte, tu verras mieux!

La carte est immense et couverte d'une mer bleue parsemée d'îles et d'archipels. Munie d'une plume et d'encre noire, Simone encercle les îles où elle pourrait enterrer son trésor. Sur toutes les autres, elle griffonne un gros X.

— L'île des Cinq Étoiles? Non, trop commerciale… L'île Oubliée? Peut-être. L'archipel de la Fée bleue… Non… Il y a plus de trésors enterrés sur cette île que j'ai de cheveux sur la tête… Ce ne serait pas une bonne idée.

— Et que dirais-tu des îles Mouk-Mouk? Elles sont si loin que personne ne pensera à chercher un trésor là-bas, lance la Puce en pointant un amas d'îles situées dans le haut de la carte.

— Ouais… bonne idée, on essaiera celles-là aussi, approuve Simone.

— Un jour, j'ai rencontré une fille sur l'île de la Passion. C'est un beau coin de paradis, soupire Rimmel.

— On l'ajoute à notre liste. Et l'île de la Calamité aussi… Je crois que nous trouverons certainement un endroit pour enterrer notre trésor sur l'une d'elles. Enfin, je l'espère! conclut la Démone.

2

L'ÎLE
DE LA PASSION

La première île visitée par la terrible Simone est celle de la Passion. Avec sa longue-vue, la Démone en détaille les côtes.

— Vire vers l'est, on va essayer d'enterrer le trésor là-bas, lance-t-elle en pointant une immense plage bordée de cocotiers et de bananiers.

Rimmel jette l'ancre à la mer dans un grand « splouch ! ». Tout l'équipage monte dans la chaloupe avec des pelles et des pioches. Si le bon endroit est enfin trouvé, Simone et les autres reviendront chercher le trésor après avoir creusé un grand trou. Seul Katastrof reste à bord avec Férail pour surveiller le navire et préparer le repas : des croquettes de poisson !

La plage s'étend à perte de vue.

— Bon, il ne faut pas perdre de temps. Volovent, Postillon et la Puce, allez voir de ce côté. Rimmel et moi inspecterons par là. Nous devons trouver un endroit tranquille pour creuser sans risquer de nous faire déranger. Si vous rencontrez des intrus, n'hésitez pas à couper des têtes! Nous sommes des pirates après tout!

— En espérant qu'on ne cherchera pas trop longtemps! dit Postillon.

— Ouais… les croquettes de poisson, c'est bon chaud! réplique la Puce en grognant.

Et le groupe se sépare. La Puce et Postillon ronchonnent et laissent traîner leur pioche dans le sable. Au contraire, Volovent sautille gaiement, content de faire quelque chose de différent.

Après plusieurs minutes, Simone croit avoir trouvé l'endroit rêvé. À une centaine de pas de la plage, elle repère trois cocotiers qui forment un triangle. La terre autour de ces arbres semble facile à creuser.

— C'est un endroit dont on se souviendra facilement! Je me mets au travail? demande Rimmel.

Simone n'a pas le temps de répondre, car tout à coup, deux coups de feu explosent dans l'air !

— Que se passe-t-il encore ? grommelle-t-elle.

Simone et Rimmel courent en direction du bruit. Un mousquet dans une main, une pelle dans l'autre, Rimmel est prêt au combat.

À l'entrée d'une petite clairière, les deux compagnons s'arrêtent brusquement. Devant eux, une noce au complet les dévisage. Les invités endimanchés sont réunis sous un grand chapiteau orné de fleurs, toutes plus belles les unes que les autres. Non loin de là, assise sur une grosse roche, une mariée pleure à chaudes larmes.

La Puce, Postillon et Volovent sont déjà là et se tiennent un peu à l'écart. De la fumée sort encore

du fusil de Postillon. Mais personne n'a l'air touché. Du moins,
il n'y a pas de sang…

— Mais que se passe-t-il?! rugit
Simone.

Les cheveux bouclés de la
Démone se hérissent sur sa tête.
Volovent se cache derrière la Puce
en claquant des dents. Tout le
monde est immobile : le marié, son
garçon d'honneur, les trois demoi-
selles d'honneur et les invités.

Personne n'ose bouger. On n'entend que la mariée qui sanglote et renifle bruyamment dans son voile. Dégoûtant !

— C'est moi qui ai tiré, capitaine, dit Postillon en s'avançant. Nous ne savions plus où vous étiez et nous voulions vous faire signe… C'était le moyen le plus facile de vous indiquer où nous étions.

— Nous sommes là. Mais j'en reviens à ma question : que se passe-t-il ?

— Vous voyez la mariée là-bas ? Elle est malheureuse, car le prêtre qui devait célébrer son mariage ne s'est pas présenté, explique la Puce.

Simone lui prend le bras et fait signe aux deux autres pirates de se rapprocher.

— Nous sommes venus chercher un endroit pour y enterrer

notre trésor ! Vous l'avez oublié ? chuchote-t-elle.

— Non, mais capitaine, elle fait tellement pitié… On s'est dit que…

Mais la Puce ne finit pas sa phrase. Elle jette un coup d'œil à Volovent et à Postillon, mal à l'aise. Celui-ci soupire et termine :

— On s'est dit que vous pourriez peut-être les marier !

— Les quoi ? hurle Simone.

— Euh… oui ! Un capitaine de navire peut célébrer un mariage, pourquoi pas vous ? bafouille le vieux loup de mer.

— Mais je suis une pirate, moi ! La plus infâme, la plus cruelle de tous les pirates ! Je ne peux pas jouer les cupidons !

Simone n'a jamais entendu quelque chose d'aussi ridicule. Tout à coup, la mariée se lève et s'approche du petit groupe de marins qui marmonnent entre eux.

— Cela ne me dérange pas, madame, que vous soyez une pirate. Ce que je veux, c'est me marier. S'il vous plaît, ça ne durera pas longtemps… Et si vous voulez, après la cérémonie, il y aura du vin et un grand banquet, bredouille-t-elle timidement en tortillant son voile.

Même la plus redoutable des pirates ne peut rester insensible à la demande de cette belle mariée, toute de blanc vêtue. La pauvre a les yeux rougis par les larmes et le visage noirci par des traînées de mascara. Elle semble si triste.

Tout le monde est suspendu aux lèvres de la Démone. Que va-t-elle répondre ?

— C'est d'accord, finit-elle par dire, mais à une seule condition.

— N'importe laquelle, madame!

— J'ai une réputation, moi… Je ne veux pas que quelqu'un ici présent aille répéter que j'ai célébré un mariage. Compris?

Toute l'assistance hoche la tête.

— Si j'apprends que l'un d'entre vous a parlé, je m'occuperai personnellement de lui couper la langue et je la donnerai à manger aux requins!

Les yeux de la mariée deviennent aussi ronds que des pièces d'or, mais elle n'ose dire mot. Le mariage peut donc commencer. Les autres pirates de l'équipage se placent solennellement derrière Simone.

— Bon Dieu! Où est le marié? Je ne peux pas célébrer de mariage sans marié! lance Simone.

— Ici, ici, répond un petit homme joufflu.

— Et quel est votre nom?

— Adam Labrosse, madame.

— Euh… Simone éclate de rire. C'est une blague, c'est ça? Adam Labrosse, ça fait Labrosse Adam lorsqu'on le dit à l'envers! Ah! Ah! Quel bon jeu de mots!

— C'est que… ce n'est pas une plaisanterie, madame, répond le petit homme presque gêné.

Simone rougit des pieds au bout de ses cheveux bouclés.

— Oups! Désolée… euh… Poursuivons alors. Et vous madame, quel est votre nom?

— Sabine Allaire.

Simone devine que ce n'est pas une blague. *Comme les gens ont des noms bizarres sur cette île*, songe-t-elle.

Lorsque vient le temps d'échanger les anneaux, personne ne les trouve !

— Ils étaient pourtant là il y a un instant, dit la mariée, à nouveau au bord des larmes.

Mais Simone a sa petite idée sur ce qui s'est passé… Elle se retourne vers les membres de son équipage, mi-amusée, mi-fâchée.

— Alors, qui les a pris ?

Aucune réponse. Tous sont calmes et silencieux. Trop silencieux. Il y a anguille sous roche.

— Videz vos poches ! exige la Démone.

— Mais capitaine… proteste la Puce.

— C'est un ordre !

Un à un les pirates vident leurs poches devant les invités curieux.

Mais ils ne le font pas de gaîté de cœur !

Dans les poches de Volovent, il y a :

- un morceau de gâteau volé dans les cuisines du bateau ;
- un dé à coudre ;
- deux dés à jouer ;
- une pièce d'or trouée (d'un coup de pistolet).

Dans les poches de Rimmel, il y a :

- trois photos de femmes (Brigantine, Trinquette et Perlenacrée) ;
- un peigne ;
- un poignard avec un manche en os (humain !) ;
- un mouchoir de tissu brodé aux initiales M. F., sûrement

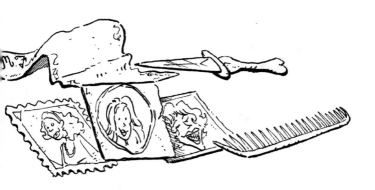

une ancienne flamme du don Juan!

Dans les poches de la Puce, il y a:

- quelques puces égarées;
- des biscuits à saveur de poisson pour son chien;
- une boussole;
- un livre de poche « 101 histoires de pirates »;
- un hameçon.

Dans les poches de Postillon, il
y a :
- une arête de poisson pour se
  curer les dents ;
- un paquet de cartes ;
- un trousseau de clefs (deux
  grosses, une petite et une
  tordue) ;

- une plume, en souvenir d'un
  ancien perroquet ;
- et les deux anneaux d'or !

— Désolé, capitaine. C'était
plus fort que moi… J'ai tellement
l'habitude…

Simone lui fait de gros yeux, mais ne le gronde pas. La cérémonie se termine sans autre incident.

— Enfin! soupire la Démone en grimaçant, après le baiser des amoureux.

— Maintenant, fêtons! lance la mariée, tout à coup très enjouée.

Les pirates salivent déjà devant l'immense buffet qui attend sous le chapiteau et surtout devant l'imposant gâteau de noce! Ils se précipitent sur les victuailles. Rimmel a même sorti son poignard en guise de couteau. Mais Simone les arrête.

— Nous allons plutôt regagner notre bateau. Nous devons reprendre le large le plus vite possible.

— Oh! soupire Rimmel, qui convoite à la fois le gâteau et une belle demoiselle. Vous êtes certaine, capitaine ?

Simone n'a même pas besoin de répondre à la question. À la queue leu leu, tous les marins regagnent déjà la chaloupe. Ce n'est pas toujours joyeux d'être un pirate…

— Et n'oubliez pas votre promesse, lance la Démone avant de disparaître. Sinon, vous aurez affaire à moi !

○

Sur le bateau, Katastrof s'impatiente. Les croquettes sont prêtes depuis longtemps déjà. Si les pirates tardent trop, elles seront sèches et trop cuites ! Férail tourne autour du cuisinier, affamé par l'odeur alléchante.

— Alors, vous avez trouvé ? demande Katastrof lorsque tout l'équipage remonte à bord.

Mais à voir la mine abattue de ses compagnons, il a un mauvais pressentiment.

— Non. On repart. Mais avant, mettons-nous à table! Goûtons un peu ces fameuses croquettes de poisson, laisse tomber Simone.

Après un petit casse-croûte bien mérité, le *Serpent des mers* reprend le large en direction de l'île de la Calamité.

3

L'ÎLE
DE LA CALAMITÉ

L'île de la Calamité a la forme de la lettre Y. Sur sa pointe se trouve une immense montagne qui surplombe une forêt touffue et de belles plages de sable blanc. Comme elle est presque déserte, il semble qu'il sera facile d'y enterrer le trésor. La Démone décide donc d'y aller en laissant Postillon sur le bateau, afin de lui faire récurer le pont pendant leur absence. Elle n'a pas encore digéré son mensonge à propos des anneaux… Les pirates doivent savoir mentir, c'est vrai, mais pas à leur capitaine. Ça, jamais!

Sur l'île de la Calamité, il vente beaucoup. Des tourbillons de sable se forment sur la plage. Les pirates en ont dans les yeux et n'y voient plus rien. Simone doit resserrer le foulard autour de sa tête pour qu'il ne soit pas soufflé par le vent.

— Capitaine, capitaine! Je vais m'envoler! hurle Volovent dont les pieds se soulèvent du sol.

Une chance que Katastrof, l'homme à la poigne de fer, est là. Il agrippe son compagnon par un mollet et le glisse sous son bras comme une baguette de pain.

— Reste là. C'est moins dangereux pour toi, mon ami.

Le petit groupe s'éloigne donc de la plage, en se protégeant du sable du mieux qu'il le peut. Sous le couvert des arbres, le vent tombe un peu. Volovent peut remettre les pieds à terre. La forêt est si dense que les pirates doivent sortir leur épée pour couper toutes les branches qui bloquent leur passage. Quel travail exténuant! Après avoir avancé d'à peine quelques dizaines de mètres, les marins ont déjà les bras fatigués. Il faut dire qu'il fait chaud et humide dans cette forêt. Les vêtements collent à la peau et les boudins frisés de la Démone sont tout revigorés.

SCROUCH!

— Aaaah! crie Simone soudain immobile. Mon pied! Au secours!

Simone vient de marcher sur un nid de fourmis rouges et sa botte est coincée. Des centaines, voire des milliers de fourmis sortent du sable. Elles grimpent le long de sa jambe. Rimmel, sans réfléchir, gesticule avec son épée en direction des insectes.

— Nigaud! Tu vas me blesser! Arrête tes pitreries et sors-moi de là! grogne la Démone.

Katastrof saisit Simone, comme il l'a fait plus tôt pour Volovent, et la tire de ce mauvais pas. Il la secoue pour la débarrasser des fourmis qui se cachent dans ses vêtements. Simone est tout étourdie!

Katastrof la dépose et elle titube comme une ivrogne.

— Merci! Un peu plus et je devenais leur petit déjeuner! lance-t-elle. Assoyons-nous quelques instants. J'ai besoin de me

remettre les idées en place. J'ai encore la tête en compote!

— Simone a-t-elle vraiment prononcé le mot « merci »? Tu l'as entendue? N'oublie pas d'encercler cette date sur ton calendrier, c'est un jour exceptionnel, murmure Rimmel à Volovent.

À peine les pirates se sont-ils assis qu'une pluie diluvienne s'abat sur la forêt. Une vraie douche froide! Comment les nuages peuvent-ils déverser une si grande quantité d'eau en si peu de temps? Les marins sont aussi mouillés que s'ils s'étaient jetés à la mer tout habillés!

— Partons vite d'ici, déclare la Puce.

— À tribord tous! Allons nous cacher sous ce grand arbre, ordonne la Démone, à travers les trombes d'eau qui tombent du ciel.

Collés les uns aux autres, les pirates attendent la fin de l'averse. Ils sont pitoyables, trempés jusqu'aux os et grelottants!

— Quel métier ingrat tout de même, soupire Volovent.

Heureusement, les nuages se dissipent enfin et laissent place au soleil.

— Capitaine, pouvons-nous aller enfiler des vêtements secs sur le bateau? demande Rimmel qui soigne toujours son apparence.

— Non. Nous sommes ici et nous y restons! Tu n'es pas fait en chocolat après tout!

Volovent et la Puce ricanent devant la mine offensée de Rimmel.

— Nous pourrions enterrer notre trésor sous ce grand arbre, capitaine, suggère Katastrof.

Simone recule, regarde autour d'elle. Oui, ce serait un bon endroit.

Même de loin, l'arbre est facilement repérable. La Démone fait donc signe à Katastrof et à Rimmel de commencer à creuser. Mais alors qu'ils enfoncent leurs pelles dans le sol, un grand bruit sourd retentit dans la forêt.

— Est-ce le tonnerre ? demande Rimmel qui commence à peine à sécher.

— Oh non ! Pas un orage ! se plaint la Puce.

Soudain, se met à tomber du ciel non pas de la pluie… mais de la cendre ! Au loin, la montagne qui semblait banale et inoffensive crache du feu. C'est un volcan !

La terre tremble… Oh là là ! Simone et ses compagnons doivent vite déguerpir de là !

— Qu'est-ce qu'on fait, capitaine ? demande Volovent affolé.

— Il faut quitter l'île! Le volcan se réveille! Au diable la cachette du trésor!

Les pirates ne se le font pas dire deux fois. Aussi vite que leurs jambes le leur permettent, ils traversent la forêt, la plage et grimpent dans la chaloupe. Ouf! Ils l'ont échappé belle! Quelle île inquiétante! Simone comprend maintenant pourquoi personne n'y habite!

Nos pirates remontent sur leur bateau, tout sales, barbouillés de

cendre et de sable, des feuilles d'arbres collées à leurs souliers et leurs vêtements. Ils ne sont vraiment pas beaux à voir !

— Nom de Neptune ! Et moi qui frottais le pont depuis votre départ ! Tout est à recommencer maintenant ! rage Postillon en lançant sa brosse.

— Cap sur les îles Mouk-Mouk ! annonce Simone sans tenir compte de ses jérémiades.

4

LES ÎLES
MOUK-MOUK

Trois jours passent et les îles Mouk-Mouk ne sont toujours pas en vue. Simone scrute l'horizon avec sa longue-vue, sans succès. Elle fait le point avec son sextant : toujours rien. Les pirates commencent à être découragés. La vie de pirates n'est pas toujours trépidante.

Assis sur un baril de pièces d'or, Rimmel chante de vieilles chansons d'amour pour détendre un peu l'atmosphère. C'est qu'il a une belle voix, ce Rimmel. Il aurait pu faire carrière comme chanteur, ce charmeur… À côté de lui, Postillon ronchonne.

— Les îles Mouk-Mouk… J'espère qu'on y trouvera au moins un bon endroit pour enterrer notre trésor.

De l'autre côté du pont, Katastrof et Volovent jouent aux dames avec des pièces d'or et d'argent en guise de pions.

— Au fait, il y en a combien d'îles ? demande Volovent.

— Hein ?

— Mais oui, on dit **les** îles Mouk-Mouk, cela veut certainement dire qu'il y en a plus qu'une.

Mais combien y en a-t-il ? Deux, trois, quatre ?

— Euh… Je ne sais pas, répond Katastrof.

— Et toi, Postillon ? Depuis le temps que tu écumes les mers, tu dois certainement le savoir !

— Malheureusement, matelot, je n'en ai aucune idée. Je connais ces îles de réputation seulement.

— Ah oui ? intervient Rimmel qui cesse de chanter.

Postillon fait signe aux autres de se rapprocher, pour que Simone ne les entende pas.

— Ces îles sont mystérieuses, chuchote le vieux pirate. À vrai dire, je ne connais personne qui se soit déjà rendu là-bas. Plusieurs ont essayé, mais tous ont échoué. Ils ne les ont jamais trouvées !

— Pff ! C'est encourageant d'entendre ça ! soupire Rimmel.

Trois autres interminables journées passent. Rien. Que du ciel et de l'eau. Mais soudain, à l'horizon, Simone aperçoit quelque chose.

— Voyez-vous ce que je vois ? lance-t-elle.

L'équipage au grand complet, même Férail, se précipite à l'avant du bateau. Volovent sautille sur place !

Au loin, se dessine tranquillement non pas une île… mais un bateau. Un vulgaire bateau ! Simone en pleurerait de rage ! Elle lance sa longue-vue à la mer ! On pourrait croire qu'elle est sur le point d'exploser de colère ! Le monstre en elle se déchaîne !

— Peut-être que les occupants de ce navire pourront nous aider ? dit la Puce.

— De quelle manière ? demande Volovent.

— S'ils ont justement visité ces îles que nous cherchons depuis presque une semaine, ils pourront nous guider !

— Bonne idée, approuve Simone qui a retrouvé son entrain.

— Et si on s'amusait un peu ? propose Postillon. Il y a si longtemps que nous n'avons pas attaqué un bateau...

La Démone fait un sourire en coin au vieux pirate. Après tous

53

ces jours d'attente, elle ne peut leur refuser ce petit plaisir.

— Cap sur ce bateau! Il ne faut pas le laisser filer! lance-t-elle joyeusement.

Tout l'équipage s'active! Ce bateau est leur seul espoir! Heureusement, le vent se met de la partie et souffle plus fort que jamais!

Le *Serpent des mers* se rapproche du navire inconnu dont le nom, l'*Hippocampe*, est inscrit en lettres dorées le long de la poupe. À la vue des pirates, l'équipage de ce dernier cède à la panique. De loin, Postillon peut voir les marins courir de tous bords, tous côtés. Quelques personnes se jettent même à l'eau.

— Quels idiots! rigole-t-il.

Comme le bateau de Simone est l'un des plus rapides, le *Serpent des mers* rattrape sa proie en peu de temps.

— À l'abordage! lance la Démone en éperonnant le bateau étranger.

Armés jusqu'aux dents, les pirates prennent un malin plaisir à terroriser l'équipage de l'*Hippocampe*. Il y a si longtemps que les marins de Simone ne se sont pas dégourdi les jambes! À l'aide d'une corde fixée au grand mât, Rimmel se balance avec grâce d'un navire à l'autre. On peut dire qu'il fait une arrivée remarquée! Les autres, un peu moins casse-cou, se contentent de grimper à bord grâce à une échelle déposée à plat entre les deux navires.

Sur le pont de l'*Hippocampe*, s'entassent une vingtaine de personnes qui claquent des genoux et des dents. Une femme tombe même dans les pommes. Simone est très fière de faire autant d'effet avant même d'avoir ouvert la bouche!

— Qui est le maître à bord? demande-t-elle haut et fort.

Après quelques secondes, un homme aussi costaud que Katastrof, mais beaucoup moins courageux, s'avance sur la pointe des pieds. Il tremble de tout son corps.

— C'est… c'est moi, bégaie-t-il entre deux claquements de dents.

— Je suis Simone la Démone. Nous vous avons attaqués pour une raison bien précise.

— Oui, oui, j'ai ce qu'il vous faut, madame la Démone.

Simone fronce les sourcils, surprise.

Le capitaine court vers sa cabine pour en ressortir, un instant

plus tard, les mains remplies de…
coutellerie en argent! Le gros
homme dépose ses précieux ustensiles aux pieds de Simone, ahurie.

Voyant la mine désappointée
de la Démone, le capitaine de
l'*Hippocampe* repart dans sa
cabine et en revient aussitôt, tout
essoufflé, avec deux grands chandeliers sertis de pierres précieuses.
Simone soupire. Les autres pirates
rient dans leur barbe.

— Vous n'avez vraiment pas
compris! s'exclame-t-elle.

— Je sais, je sais… Mais ce
n'est pas tout.

Il se dirige vers son équipage
et ses passagers. Un à un, le gros
capitaine les dépouille de leurs
colliers, de leur montre, et de leurs
bagues et il ramène le tout à
Simone. Cette dernière commence
à s'impatienter sérieusement. À ses

pieds s'entasse maintenant une petite fortune en bijoux. Elle ne peut pas les emporter sur son bateau, car elle ne sait même plus où ranger les richesses qu'elle a déjà volées!

— C'est assez! tonne-t-elle finalement.

Le capitaine ventru sursaute, le visage tout rouge.

— Gardez vos bijoux, vos fourchettes d'argent et vos chandeliers! Si nous avons abordé votre navire aujourd'hui, c'est pour une tout autre raison. Nous voulons un renseignement.

Le capitaine de l'*Hippocampe* ouvre la bouche, mais ne trouve rien à dire. *Ces pirates ont une bien étrange façon de demander service*, songe-t-il.

— Sauriez-vous où se trouvent les îles Mouk-Mouk? Nous les cherchons depuis des jours sans les trouver.

— Je suis désolé, madame la Démone, mais je ne peux vous être d'aucune aide… Je n'ai même jamais entendu parler de ces îles, répond-il.

Simone soupire de rage. Quelle mauvaise journée ! Que dire, quelle mauvaise semaine !

— Bon. Alors, nous n'avons plus rien à faire ici.

Les pirates remontent tous à bord du *Serpent des mers*, découragés, traînant sabres et mousquets. Lorsque la Démone entend l'équipage de l'*Hippocampe* rire et lancer des cris de joie, elle ne se sent même pas la force de les menacer.

5

L'ÎLE
OUBLIÉE

La Démone est plus déterminée que jamais à trouver une île où enterrer ses richesses. Le bateau se dirige maintenant vers l'île Oubliée. La rumeur veut que ceux qui y mettent les pieds perdent la mémoire!

Mais Simone ne craint pas les malédictions. En effet, un jour, une femme un peu sorcière lui a donné un pendentif qui la protège des mauvais sorts. Elle le porte près du cœur pour qu'il soit efficace.

Bref, l'île Oubliée lui paraît idéale pour y enterrer son trésor. La moitié des gens de cette île ayant un peu perdu la tête, il est peu probable qu'ils le déterrent.

La Puce, auprès de laquelle se dresse Férail, tient la barre sous l'œil d'acier de la Démone. Les boucles noires de celles-ci volent dans toutes les directions. Elle a si hâte de recommencer à piller les ports et les bateaux! Même si elle est en congé forcé, son esprit travaille plus que jamais… Elle échafaude des plans diaboliques en espérant reprendre ses activités le plus tôt possible.

Les côtes de l'île Oubliée se découpent bientôt à l'horizon. Simone serre son pendentif entre ses doigts. Il a la forme d'une tête de mort tenant un soleil entre ses dents.

— Et nous, capitaine? Comment ferons-nous pour ne pas perdre la tête? s'inquiète Volovent.

— Je vais vous attacher!

— Quoi?

— Oui, je vais vous attacher les uns aux autres, ainsi je serai certaine de ne pas vous égarer, même si vous perdez la mémoire.

Les pirates ont beau être des durs, ils ne sont pas vraiment rassurés.

— Et si je restais sur le bateau? propose Postillon. Je pourrais faire le guet.

— Pour guetter quoi? Les goélands? Seul Férail restera sur le bateau cette fois. N'aie crainte, on dit que les effets de la malédiction se dissipent en quittant l'île.

— « On » dit ? Et qui est ce « on » ? lance Postillon, nullement rassuré. Je ne retrouverai peut-être pas la mémoire ?

— Es-tu une poule mouillée ou un pirate ? demande Rimmel, moqueur.

— Grr ! Je viendrai alors !

Dans la chaloupe qui mène l'équipage à l'île Oubliée, Simone passe une corde à la ceinture de tous ses compagnons.

— Parfait ! Je ne perdrai personne ainsi !

L'embarcation accoste bientôt sur une plage de galets. Un peu plus loin, des hommes dansent et rient autour d'un grand feu. Simone et ses pirates savent que l'île compte plusieurs habitants et qu'ils en croiseront forcément quelques-uns. Mais les pirates ne

s'en inquiètent pas, toutes ces personnes ont perdu la raison.

L'équipage de la Démone s'aventure dans un petit sentier qui traverse un champ.

— Où sommes-nous ? demande subitement la Puce.

— Mais sur l'île Oubliée voyons ! réplique Rimmel.

Ça commence ! se dit Simone tout en continuant à marcher.

— Et qu'est-ce qu'on fait ici ? demande à son tour Volovent.

— On cherche un endroit où enterrer le trésor, répond Simone.

— Quel trésor ?

— Le nôtre ! Celui que nous avons accumulé au cours de nos pillages !

— Ah… Merci, répond Volovent.

Les pirates marchent encore pendant quelques minutes et…

— Est-ce qu'on se connaît? demande maintenant Postillon à Katastrof.

— Mmm… Je ne crois pas. Je m'en souviendrais.

— Quel est votre nom?

— Bonne question! C'est drôle, mon nom m'est complètement sorti de la tête! Je dois bien en avoir un, mais je ne m'en souviens plus!

Simone s'arrête, exaspérée, et se tourne vers son équipage.

— Je suis Simone et voici la Puce, Rimmel, Volovent, Postillon et Katastrof. Nous sommes des pirates. Nous sommes ici sur l'île Oubliée pour trouver un endroit où enterrer notre trésor. Vous verrez, dans peu de temps vous retrouverez la mémoire. Mais, en attendant, voulez-vous bien cesser vos questions et coopérer?

Et Simone reprend la marche.

— Nous sommes des pirates, chuchote Postillon. Wow!

— J'ai déjà oublié qui est cette femme aux cheveux noirs, avoue Rimmel.

— Aucune idée. Mais elle a parlé d'un trésor… Elle doit être riche!

— Puisque nous sommes des pirates, pourquoi ne pas enlever cette Simone? Elle nous mènera à son trésor!

— Bonne idée!

En prenant bien soin que personne ne les voie, surtout pas Simone, Rimmel coupe ses liens ainsi que ceux de son complice. Simone n'avait pas songé à vider les poches de ses compagnons. Quel oubli! Et dans les poches de Rimmel, qu'y a-t-il en permanence? Un beau couteau en os humain!

À l'orée d'un boisé, Simone décide de faire une petite halte et elle passe une gourde d'eau fraîche à tout le monde. Comme elle tend la gourde à Rimmel, celui-ci lui attrape les mains et les ligote fermement. Et hop! Le tour est joué! Simone est sa prisonnière à présent!

— Mais que fais-tu, espèce de crapule sans vergogne! rugit Simone qui se débat de toutes ses forces.

— Nous sommes des pirates. Nous allons donc voler votre trésor! répond Postillon.

— Mais ce trésor est déjà en partie le vôtre!

Postillon et Rimmel se regardent, surpris.

— Il est tout à nous maintenant! lance Rimmel.

La Puce, Katastrof et Volovent n'y comprennent plus rien.

— Allez! Indiquez-nous où est votre bateau à présent! ordonne Postillon.

— Le bateau? Quand nous y serons de retour, vous frotterez le pont durant les dix années à venir! Vous le regretterez! Foi de Démone!

À présent, Simone est noire de rage. Elle se débat de plus belle, mais ses liens sont trop serrés. Quels abrutis! Elle aurait dû les laisser sur le navire!

— Cessez vos menaces! Vous êtes chanceuse d'avoir encore la vie sauve! Où est le bateau? Et vite! menace Postillon.

— Le *Serpent des mers* est par là, indique Simone de la tête. Il est amarré dans un lagon, plus au sud.

Mais je vous avertis ! Vous ne vous en tirerez pas ainsi ! Vous…

Mais Simone ne peut pas terminer sa phrase. Exaspéré de l'entendre rugir ainsi, Rimmel la bâillonne à l'aide du mouchoir de tissu, lui aussi trouvé dans sa poche !

— Voilà, en route maintenant! dit Rimmel en tirant sur la corde.

Et le petit groupe revient vers la plage, Rimmel en tête. En chemin, Postillon remarque le pendentif que porte Simone.

— Oh! Quel beau pendentif vous avez! J'espère que vous ne m'en voudrez pas trop si je vous le dérobe? ricane-t-il en coupant la chaînette qui le retient.

Simone a beau essayer de crier, de hurler, les seuls sons qui sortent de sa bouche sont: « Unfgrreuh! » « Ungrraaah! ». Pour la narguer, Postillon approche le pendentif du visage de la Démone.

— Il est à moi maintenant! lui dit-il en enroulant le bijou autour de son poignet.

Simone se débat avec rage et fureur. Puis, subitement, elle se calme. Sa mémoire vient de s'envoler, avec celle de ses compagnons. Elle ne sait plus qui elle est, ni où elle se trouve. Comme Volovent, Katastrof et la Puce, elle suit docilement Postillon et Rimmel. Elle regarde autour d'elle et se demande bien pourquoi on l'a ligotée ainsi.

Le petit groupe arrive enfin à la chaloupe qui les attend toujours sur la plage.

— Comme j'ai hâte de voir ce trésor, lance Postillon, tout énervé.

— Et moi donc! réplique Rimmel.

Dans la barque, Postillon regarde le pendentif qui oscille au vent. Il frotte la tête de mort avec sa manche. Le métal reste terne et sans éclat. *Zut, ce n'est pas de l'or. Même pas de l'argent. À quoi bon garder ce médaillon de pacotille puisque je vais posséder un navire rempli de richesses?* se dit-il. Et il jette à l'eau le pendentif magique, qui coule rapidement au fond de l'océan. Simone ne réagit pas. Elle ne sait même plus que ce pendentif était le sien.

Au fur et à mesure que la chaloupe se rapproche du bateau, les membres de l'équipage retrouvent leur mémoire. Le premier à en ressentir les effets est Volovent.

Tiens, où suis-je? se dit-il. Il continue à ramer, puis il s'immobilise en apercevant Simone, toujours ligotée et bâillonnée. Oh là là! Il regarde ses compagnons, sans comprendre. À côté de lui, la Puce gratte sa tête pleine de puces.

— Eh, Lili-Maude! l'interpelle Volovent en la reconnaissant.

Elle aussi revient tranquillement à elle.

— Euh… Où sommes-nous?

— Je ne sais pas vraiment. En route vers le bateau, je crois. As-tu vu dans quel état est notre capitaine? lui demande-t-il à voix basse.

— Oh! Qui lui a fait ça?

— Aucune idée. Mais j'aime mieux faire comme si je ne l'avais pas vue… J'ai peur qu'elle me balance à la mer si je la touche!

Lorsque Rimmel reprend connaissance, sa réaction est tout autre ...

— Nom de Poséidon! s'exclame-t-il. Mais qui vous a attachée ainsi?

Et il coupe les liens de la Démone avec son poignard en os humain. Quelle n'est pas sa surprise lorsqu'il comprend que le mouchoir qui a servi à bâillonner Simone est... son propre mouchoir! Il le détache et l'enfouit discrètement dans sa poche, craignant les foudres de Simone.

— Merci, monsieur, dit-elle poliment à Rimmel, en regardant partout autour d'elle comme un chien perdu.

Quelque chose ne tourne pas rond avec elle, songe le pirate. Mais il n'ose rien dire. Alors qu'ils arrivent tout près du *Serpent des mers*, la Démone recouvre ses esprits. La tête lui tourne…

— Oh là là! Que s'est-il passé? Nous sommes déjà de retour au bateau? rugit-elle. Mon pendentif! Mon pendentif magique, où est-il?

Personne ne répond. Tout l'équipage a l'esprit embrouillé.

— Quelle bêtise! Nous ne pouvons plus retourner sur l'île Oubliée maintenant!

— Hein? Quelle île, capitaine? demande Katastrof qui revient à lui.

— Laisse tomber. Remontons à bord!

6

L'ÎLE
DU GROS LOUIS

Démotivée par ses tentatives infructueuses pour cacher son trésor, Simone prend la décision de faire escale quelques jours, pour mieux réfléchir. La Puce met donc le cap sur l'île du Gros Louis, la capitale des pirates…

Les lois en vigueur sur cette île sont bien différentes des nôtres… Dans le code de vie des habitants de l'île du Gros Louis, on peut lire :

1. Ne seront admises sur l'île que les personnes remplissant les conditions suivantes : avoir volé plus de 100 pièces d'or, avoir fait de la prison ou avoir navigué sur un bateau pirate depuis plus de 6 mois.
2. Les perroquets ne sont pas autorisés dans les établissements publics.
3. Sabres, épées, poignards et couteaux doivent être laissés au vestiaire de tous les établissements publics.
4. Prière de ne pas faire de duel sur les artères principales. Certaines rues sont réservées exclusivement à cet effet.
5. Toute personne surprise à se laver, à dire « s'il vous plaît » ou à prier sera automatiquement expulsée.

6. Les commerçants de pelles doivent s'enregistrer auprès des autorités.
7. Les policiers et les juges sont interdits de séjour.
8. Les salons de thé, les studios de danse, les magasins de jouets et les monastères sont interdits.
9. Les jeux de hasard sont permis et le commerce de l'alcool n'est pas réglementé.

Le *Serpent des mers* accoste sur l'île du Gros Louis à la pénombre. Comme Katastrof n'a pas le cœur à faire le souper, tout l'équipage se rend à la taverne du Borgne, le restaurant le moins recommandable du coin. Férail reste sur le bateau pour faire le guet. Gare à l'intrus qui tenterait de voler le trésor de la Démone. Il se fera manger tout cru!

Simone, qui est célèbre pour son appétit d'ogre, ne touche même pas son assiette. À table, personne ne parle pour ne pas s'attirer les foudres de la Démone. Autour d'eux cependant, c'est la foire : bagarres, chansons polissonnes et parties de cartes mouvementées occupent la plupart des clients de l'endroit.

Assis au comptoir, tout près de l'équipage du *Serpent des mers*, un homme, un peu soûl, parle haut et fort depuis le début du repas.

— Elle est partie ! brame-t-il. Encore une fois ! Mais elle va revenir ! Oui, je sais qu'elle va revenir. Et quand elle reviendra, elle aura affaire à moi ! On va se parler « entre-quatre-zyeux ! » C'est moi qui vous le dis !

Simone en a un peu marre. Qu'il cesse de gémir, cet énergumène !

La Démone aussi a des problèmes et elle ne s'en confesse pas à tout l'univers!

— Avez-vous fini de vous plaindre! Vous nous cassez les oreilles! lui lance Simone, exaspérée. Si votre femme est partie, c'est tant pis pour vous!

— Hein? Ma femme? Mais je ne suis pas marié! Je parle de ma chèvre! Pas de ma femme! Elle s'est sauvée. C'est la deuxième fois cette semaine!

— Une chèvre! Vous nous cassez les oreilles depuis presque une heure pour une chèvre!

Et elle renverse la table rageusement, faisant voler les plats et les ustensiles. Ses cheveux sont hérissés sur sa tête comme s'ils prenaient racine dans un volcan bouillonnant. Les clients de la taverne sont pétrifiés. Ils connaissent la Démone et savent bien que qui s'y frotte s'y pique.

Heureusement, Simone préfère sortir pour se calmer et trouver une solution à son problème de trésor. Elle n'est vraiment pas dans son assiette! En face de la taverne du Borgne, un forgeron ferme boutique après sa journée de travail. Un pirate qu'elle connaît de vue s'éloigne de l'échoppe, un poignard neuf à la main. *Du bel ouvrage*, se dit la Démone…

Simone reste songeuse. Elle regarde l'enseigne du forgeron, suspendue au-dessus de la porte. Une enclume et un marteau… Et soudain, une idée lui frappe l'esprit! Pourquoi n'y a-t-elle pas pensé avant? Son humeur change du tout au tout! Elle retourne à la taverne pour faire part de son plan à son équipage. Elle sait enfin ce qu'elle fera de ses bijoux et de ses pièces d'or !

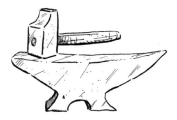

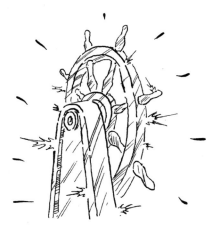

7

LE BATEAU
D'OR

Le lendemain matin, la Démone
et ses marins attendent le forgeron
de pied ferme. Postillon se cure les
dents avec son arête de poisson.
La Puce s'épouille et Rimmel suit
des yeux une danseuse qui rentre
chez elle dans son costume de
scène. Katastrof somnole encore

pendant que Volovent ingurgite son troisième petit déjeuner.

Et Simone ? Eh bien, elle attend, tout simplement. Elle ne dit rien, elle ne fait rien.

Sur le coup de huit heures, le forgeron descend la rue, se demandant bien qui sont tous ces gens qui font le pied de grue devant la porte de son commerce.

— Vous êtes le forgeron ? lui demande Simone.

— Oui, c'est moi. Je suis Émile Fuzion. Que puis-je faire pour vous ?

— Je suis Simone la Démone et voici mon équipage. J'ai un travail pour vous.

— Quelle sorte de travail ? s'enquiert le forgeron, sceptique.

— Un travail payant, un travail très payant, répond la Démone en sortant un sac de pierres précieuses de sa poche.

— Ma foi, prenez donc la peine d'entrer…

Le plan de Simone est simple. Elle veut que le forgeron fonde toutes ses pièces d'or, tous ses bijoux et tous ses lingots afin de lui fabriquer un immense bateau… en or ! Seules les voiles resteront de tissu… brodé d'or, bien entendu !

— Vous n'avez qu'à déménager votre forge sur la plage, explique Simone au forgeron. Mes hommes vous assisteront et vous aideront. Alors, affaire conclue ?

— Affaire conclue ! déclare le forgeron, en comptant avidement ses pierres précieuses.

Il remercie sa bonne étoile d'avoir mis Simone sur son chemin et se met immédiatement à l'ouvrage sans critiquer l'idée saugrenue de la Démone. Tout l'équipage fait de même, sachant qu'il vaut mieux ne pas contrarier leur capitaine qui est probablement plus douée pour le pillage que pour la construction de navire!

Pendant un mois, tous travaillent sans relâche sur le nouveau bateau de la Démone. Katastrof et Rimmel sont chargés de transporter l'or de l'ancien bateau à la plage. Volovent active le feu de la forge, tandis que Postillon ramasse et coupe le bois nécessaire. Finalement, la Puce et Férail montent la garde et font déguerpir ceux qui tentent de s'approcher du chantier.

Sous les yeux perçants de Simone, le bateau prend forme peu à peu : la cale, le pont, les cabines, le gouvernail, les mâts… Après plus de 30 jours de travail acharné, le nouveau bateau de Simone est enfin achevé.

Sur son immense rampe de bois menant à l'océan, le navire est resplendissant! Il étincelle de mille feux. Il brille comme la mer au coucher du soleil! On doit plisser les yeux pour le regarder! Tout l'équipage est hypnotisé par le bateau qu'ils ont construit, le premier bateau en or massif de la planète!

Simone trépigne. À quoi bon avoir un nouveau bateau si ce n'est pas pour naviguer? Elle attend depuis si longtemps de piller de nouveaux trésors! Ses mains picotent, ses pieds veulent danser la gigue et son esprit s'agite!

— Allez! Poussons notre nouveau bateau à la mer!

L'équipage se met aussitôt au travail et le bateau d'or s'avance sur l'immense rampe de bois. Le bateau glisse difficilement. Les rampes craquent sous son poids. Vont-elles se briser ? Mais non, elles tiennent le coup ! Mais de justesse !

Après des efforts quasi surhumains, le bateau atteint finalement l'eau et… COULE À PIC AU FOND DE L'OCÉAN !!! Il était beaucoup trop lourd pour flotter ! Simone est bouche bée ! Des semaines d'efforts viennent d'être englouties sous des millions de litres d'eau. Devrait-elle hurler, rire, pleurer ou estourbir le forgeron ?

Les compagnons de Simone redoutent sa réaction. Volovent se cache derrière Rimmel et la Puce. Postillon n'ose plus regarder la Démone dans les yeux et Katastrof essuie une grosse larme sur sa joue. Même Férail n'ose pas branler la queue.

— Bon, bon, bon… finit-elle par marmonner. Nous voulions enterrer notre trésor, eh bien : nous l'avons coulé. Au moins, il est bien caché maintenant ! Personne ne peut nous le voler là où il est !

— C'est une manière de voir les choses, laisse tomber la Puce.

— Mais qu'est-ce que vous attendez, bande de fainéants ! Remontons sur notre vieux bateau et hop ! Au travail ! Nous avons des mois de pillages et de vols à rattraper ! À vos postes ! Bougez-vous !

Tous les membres de l'équipage prennent leurs jambes à leur cou, direction le *Serpent des mers* !

Simone la Démone des Sept Mers est de retour au boulot !

TABLE DES MATIÈRES

Sophie Rondeau

Maman de trois petits garçons, Sophie Rondeau se passionne pour la maternité, la petite enfance et la littérature. *Simone la Démone des Sept Mers* est son premier roman aux Éditions Pierre Tisseyre.

Collection Sésame